KLAUS ZEH
WER VON BEIDEN

Als der fünfzehnjährige Raivis bei einem Streit der Eltern hört, was mit einer seiner beiden kleinen Schwestern geschehen soll, schmiedet er einen Plan, der den Hass der gesamten Familie entfachen könnte. Die unter den brutalen Forderungen des Vaters leidende Familie hat in Raivis Augen nur noch eine einzige Chance. Um sie zu nutzen, benötigt er die Hilfe seiner eigenwilligen und unberechenbaren großen Schwester.
Aber kann er auf sie zählen?

Klaus Zehs *Dunkelfeld-Episoden* ereignen sich in jenem Schattenbereich unserer Gesellschaft, den man in der Kriminologie als Dunkelfeld bezeichnet.

Klaus Zeh, Jahrgang 1965, ist Schriftsteller, Musiker und Liedermacher. Er lebt in Reutlingen. Seit 2015 setzt er sich künstlerisch und privat gegen Menschenhandel, Zwangsprostitution und sexuelle Gewalt an Kindern ein.
Schon zu Beginn seiner schriftstellerischen Tätigkeit hat sich der Autor gegen die Veröffentlichung im herkömmlichen Verlagswesen entschieden. Ihm ist es ein großes Anliegen, seine künstlerische Unabhängigkeit sowie die Rechte an seinen Werken zu behalten.

Auf Instagram und Facebook finden Sie Klaus Zeh unter:
klauszeh.autor

Alle Werke des Autors sind auf der letzten Buchseite verzeichnet.

Klaus Zeh

Wer von beiden

Dunkelfeld-Episode

Bibliographische Information der Deutschen Nationalbibliothek:
Die Deutsche Nationalbibliothek verzeichnet diese Publikation in der Deutschen National-
bibliographie; detaillierte bibliographische Daten sind im Internet über
http://dnb.d-nb.de abrufbar.
Herstellung und Verlag: BoD – Books on Demand, Norderstedt
Layout und Umschlaggestaltung: Adeline
Umschlagfoto: www.pixabay.com
Alle Rechte vorbehalten
ISBN: 9783754319260

Kinder sind der Schatz der Armen.
Haitianisches Sprichwort

Wehe denen, die Böses gut und Gutes böse nennen; die Finsternis für Licht und Licht für Finsternis erklären.

Jes. 5,20

Denen,
die Dunkles tragen

9.35 Uhr

Jelgava liegt schon jetzt unter einer Dunstglocke.
Es ist Mitte August.
Seit Wochen eine ungewöhnliche Hitze. Der Sommer
steht hoch in diesem Jahr.
Von der stark befahrenen Hauptstraße her riecht man
die Abgase alter Dieselmotoren.
Über dem Marschland, wo die beiden Zwillinge so ger-
ne spielen, hängt der Gestank nach warmer Fäulnis in
der schon jetzt heißen Morgensonne.
Vom Zementwerk weht der heiße Wind in Böen den
Geruch der Schuttberge herüber.

In den ungemähten Wiesen am Ende der *Dzirnavu iela*
ist das Gras so hoch, dass es den Zwillingen die Sicht
auf den Horizont versperrt.
Von dort schwappt der üble Atem des letzten Regens
in die lange Straße, der in großen Pfützen in den
Grünflächen steht.
Aus den Schächten stinkt es nach Abwasser und Ex-
krementen.
Selbst die Bahngleise riechen bis hierher nach aufge-
wärmtem uraltem Eisen.
Und natürlich hat man schon seit Wochen den Geruch
des erhitzten Kopfsteinpflasters in den Nasen.

Es scheint, als brüte die Stadt etwas aus.

10.17 Uhr

Wieso steht kein Frühstück auf dem Tisch, Weib!, brüllt Andris, der Vater, durch die Wohnung, um die Lautstärke des Fernsehers zu übertönen.
Er hockt auf dem Wohnzimmersofa, hat seine erste Flasche Bier schon gesoffen, und starrt mit beinahe irren Augen wütend in den Fernseher.
Die Dreckschweine wollen uns schon wieder Flüchtlinge ins Land bringen, schreit er, hörst du, Aiva! Irgend so ein beschissener Politiker spuckt große Töne, das Schwein! Ob du mich hörst?

Aiva, die Mutter der Zwillinge, betritt das Wohnzimmer. Was brüllst du denn so, Andris?
Auch sie muss gegen den lauten Fernseher anbrüllen.
Na, guck dir diesen Hundesohn doch mal an. Er deutet zornig zum Fernseher.
Dieses Schweine!, poltert sie.
Man sollte ihn abknallen!
Dann würde sofort die nächste dumme Sau dastehen, schimpft sie.
Er brüllt ihr zu, dass sie ausnahmsweise einmal Recht habe.
Sie verzieht abfällig das Gesicht.

Bring mir endlich was zu essen!, herrscht er sie an.
Hol dir doch selbst was, ich bin doch nicht dein Hausmädchen!
Er grinst dreckig.

Sie weiß, was er denkt. Ein Hausmädchen, das könnte man wenigstens rannehmen, wann immer man wollte, die würde sich nicht so zieren, genau das denkt er in diesem Moment. Er hat ihr oft genug davon vorgeschwärmt.

Fick dich!, zischt sie leise. So leise, dass er es bei der dröhnenden Lautstärke des Fernsehers nicht gehört haben kann.
Sie wirft ihm einen kurzen Blick aus den Augenwinkeln zu.
Er hockt noch immer unverändert da und glotzt stumpfsinnig und gedankenverloren in den Fernseher.
Gut, denkt sie, er hat es nicht gehört.

Sie hasst ihren Mann, der noch vor zehn Jahren ein gutaussehender junger Mann gewesen ist, ein charmantes Jüngelchen, ein Spitzbube, drüben in der *Bouskas iela.*
Das Haar, wie Elvis, mit Pomade zurückgekämmt. Den Mundwinkel ebenfalls ein wenig lasziv nach unten gezogen.
Und tatsächlich, in seiner Bude hing ein Elvis Presley Poster.

Das erste Mal hat er sie im Schuppen hinter dem elterlichen Haus genommen, als seine Eltern gerade bei Kaffee und Kuchen saßen.
Er hatte sie seinen Eltern vorgestellt und gleich darauf bei der Hand genommen und ihr den Hinterhof und den Schuppen gezeigt.

Sie hatte sich sofort in ihn verliebt.

Jetzt sitzt er hier, ist ebenso fett geworden wie sein Vorbild, und säuft schon am frühen Morgen Bier, denkt sie. Und mich bumst er nur noch selten. Meist nur dann, wenn Asenka nicht zuhause ist und anschaffen geht.
Neben irgendwelchen krummen Geschäften leben sie hauptsächlich von dem Geld, das sie verdient.
Und von den Einnahmen ihres Sohnes Raivis, der auf dem Schwulenstrich anschafft.
Andris, ihr Ehemann, zieht ihr Asenka vor.

Sie nimmt er immer, wenn sie zuhause ist.
Wenn sie kommt und ihr Geld abliefert oder wieder mal ein, zwei Nächte ein Bett zum Schlafen braucht, dann legt er sich zu ihr.
Und die kleine Schlampe lässt ihn zu sich, schimpft sie in Gedanken, macht die Beine für ihn breit oder bläst ihm sein Ding, das kleine Miststück. Er lässt es sich natürlich gefallen, genießt es, das geile Schwein, und die nächste wird wohl eine der beiden Zwillinge sein, die er haben will. Vielleicht Grazyna, denkt sie hasserfüllt.

Dass auch Asenka alles nur aus purer Angst geschehen lassen könnte – diesen Gedanken lässt sie nicht zu.

10.57 Uhr

Sie bereitet ihm widerwillig sein Frühstück zu und trägt es ins Wohnzimmer.

Rührei mit Brot, Salami und kaltes Fleisch. Die Flasche Bier dazu hat er sich selbst schon geholt.

Er fläzt auf dem Sofa, hat sich in der Zwischenzeit einen Porno in den DVD-Spieler geschoben und stiert gierig in den Fernseher.

Das Gestöhne ist ja nicht zu ertragen, schimpft sie und greift nach der Fernbedienung.

Er springt vom Sofa auf und schlägt ihre Hand weg, so schnell und kraftvoll, dass sie vor Schreck zusammenfährt.

Ich will nur leiser stellen, sagt sie verärgert.

Lass die Finger davon, bellt er, ohne die Augen vom Bildschirm zu nehmen. Wo ist Asenka?

Nicht hier, erwidert sie. Natürlich weiß sie, was er von ihr will.

Warum ziehst du dir auch schon wieder diesen Dreck rein, bemerkt sie verächtlich.

Was gehts dich an, knurrt er.

Gerade will sie sich abwenden und zurück in die Küche gehen, als er nach ihrem Arm greift und sie zu sich zerrt, in die Knie zwingt und ihr befiehlt, ihn in den Mund zu nehmen.

Der Hauch eines Lächelns spielt um ihre Augen, doch nur einen kurzen Moment.

Sie erwidert gespielt, dass gleich jemand hereinkommen könnte, aber er drückt sie schon auf sich. Sie lässt es sich gefallen und stellt mit Genugtuung fest, dass er nicht mehr nach Asenka fragt.

Sie wünscht sich, dass Asenka hereinkommen und sie beide dabei ertappen würde.
Jedoch nur, damit ihre große Tochter sehen könnte, dass er auch noch auf sie, seine Frau, scharf ist.
Und vielleicht bumst er mich auch noch, hofft sie.

12.24 Uhr

In einer Mischung aus dumpfer Zufriedenheit und galliger Enttäuschung steht sie in der Küche und macht den Abwasch, der sich seit Tagen in der Spüle türmt.
Aus dem Wohnzimmer vernimmt sie noch immer das viel zu laute Fernsehgerät, als sie das Handy ihres Mannes klingeln hört.
Blues Suede Shoes. Ein Elvis Song als Klingelton.
Bestimmt wieder eine seiner Schlampen, denkt sie.

Plötzlich steht er im Türrahmen und fragt nach den Zwillingen.
Sie sind draußen, antwortet sie.
Wahrscheinlich wieder drüben im Marschland, bellt er, verdammt, ich hab schon tausendmal gesagt, dass sie dort nicht spielen sollen, diese verfluchten kleinen Gören.
Ist es soweit?, fragt sie.

Ja!
Aber wir haben uns noch nicht entschieden, erwidert sie.
Das weiß ich auch, blöde Kuh, dann müssen wir das eben jetzt machen.
Jetzt?
Ja, jetzt! Obwohl ...
Er überlegt und befiehlt ihr dann, die beiden erst einmal nach Hause zu holen.

Ich? Spinnst du? Ich renne doch nicht los und such überall nach den kleinen Biestern, giftet sie ihn an.

Natürlich du, du blödes Miststück, geh los und bring sie heim. Die haben jemanden für eine der beiden gefunden. Sie sind schon auf dem Weg hierher.

Dann bring ich nur eine von beiden mit, erwidert sie.

Wenn du das machst, schlag ich dich tot. Du bringst sie beide her, hast du mich verstanden!

Schon gut, Andris, beruhige dich, lenkt sie ein, ja, ich bringe sie ... beide.

Das will ich auch hoffen, knurrt er, und jetzt schwing deinen fetten Arsch hier raus und such nach ihnen.

13.05 Uhr

Die beiden Mädchen sitzen in ihrem Zimmer und wischen sich die Tränen aus dem Gesicht.

Sie haben wie immer „Märchenprinzessin" im Marschland gespielt, als ihre Mutter plötzlich auftauchte. Beide haben sie eine schallende Ohrfeige bekommen, wurden durchgeschüttelt und von ihr an den Händen nach Hause gezerrt.
Auf dem Nachhauseweg hatte die Mutter die ganze Zeit zornig geschwiegen.
Die beiden Mädchen haben sich nicht einmal getraut einen verstohlenen Blick auszutauschen.

Irgendetwas musste passiert sein, dachten sie, ihre Mama hatte sie noch nie von dort abgeholt, nicht ein einziges Mal.

Zuhause angekommen wurden sie sogleich vom Vater, der noch immer vor seinem Pornofilm saß, angebrüllt, weshalb sie schon wieder in dem verfluchten Marschland herumgerannt seien.
Sie wurden ins Badezimmer geschickt, so schmutzig und verschwitzt wie sie waren, mussten sich waschen und frische Kleider anziehen.
Anschließend schickte ihre Mutter sie ins Kinderzimmer und verbot ihnen herauszukommen.

Dort hocken sie nun, trocknen sich die Tränen und kämmen sich gegenseitig die Haare, noch immer wie erstarrt vor Schreck.

Sie trauen sich nicht laut zu reden.

Also flüstern sie und fragen sich erneut, ob etwas passiert sei.

Oder ob etwas passieren wird.

Sie wissen noch immer nicht, warum ihre Mutter sie nach Hause geholt hat. Und vor allem nicht, weshalb sie so schlecht gelaunt ist.

Bei Papa wundert es sie nicht, er hat immer schlechte Laune, schimpft, brüllt, und schlägt oft zu. Vor allem bei Raivis.

Doch die Zwillingsschwestern wissen, dass er Grazyna am Wenigsten schlägt.

Eigentlich schlägt er sie so gut wie nie.

Eigentlich nie!

Grazyna, die, wie der Vater immer mit einem Lächeln betont, zwei Minuten nach Velita auf die Welt gekommen ist. Ihr streicht er immer über die Haare und bringt ihr Süßigkeiten mit.

Velita nie.

Doch Grazyna teilt heimlich die Süßigkeiten mit ihrer Zwillingsschwester, weil sie Velita liebt und weil sie sich sonst schuldig fühlt. Für sich alleine würden ihr die Süßigkeiten niemals schmecken.

Dennoch ist Velita oft wütend auf Grazyna, sie möchte von ihrem Vater auch so geliebt werden wie ihre Zwillingsschwester.

Wenigstens schimpft Mama mehr mit Grazyna als mit mir und haut ihr auch öfter eine runter, denkt Velita mit ein klein wenig Genugtuung, während Grazyna ihr zärtlich den Pony kämmt.

13.20 Uhr

Andris nimmt die Fernbedienung und schaltet den Ton ab, obwohl er es nicht mag, solche Filme ohne Ton anzuschauen. Er stehe darauf, wenn die Weiber schreien würden, sagt er.
Doch sie müssen nun endlich eine Entscheidung treffen.
Seine Frau sitzt ihm gegenüber in dem alten abgeschossenen Sessel und starrt ihn fragend an.
Wir geben Velita mit, sagt er.
Nein, Grazyna soll gehen, widerspricht sie.

Er nimmt den Blick vom Fernseher und glotzt sie erstaunt und mit einem Anflug von Zorn an.
Warum Grazyna?
Sie ist ungezogen, erklärt seine Frau, sie widerspricht mir ... macht, was sie will.
Er grinst.
Und sie stiftet Velita andauernd zu Dummheiten an, fügt sie hinzu.
Er grinst noch immer und sagt: Velita geht.

Du willst sie später nur für dich haben, zischt sie wütend.
Wovon redest du, Weib?
Grazyna, empört sie sich, du ziehst sie dir zu deiner kleinen Nutte heran.
Halt dein dummes Maul, Aiva. Du redest einen Scheiß daher.

Es stimmt, gib es doch zu!

Quatsch, jetzt drehst du völlig durch ...

Und Asenka, fällt sie ihm ins Wort.

Was ist mit ihr?

Sie ist doch schon deine Matratze.

Was gehts dich an, das hat dich doch bisher auch nicht gejuckt.

Du hast ja keine Ahnung.

Velita geht mit, knurrt er, und wenn du mir noch einmal widersprichst, dann schlage ich dich tot und werf dich in den Lielupe.

Sie erhebt sich und wendet sich ab, damit er ihre Zornestränen nicht sieht.

Wieso flennst du?

Ich flenne nicht, keift sie.

Du heulst doch wohl nicht wegen Velita? Die Gören nerven dich doch, seit sie da sind.

Halts Maul, Andris, du sollst nicht so von mir reden.

Er lacht auf. Nicht? Hast du das nicht oft genug selbst schon gesagt?

Das ist etwas anderes!

Ach ja, ich wüsste nicht, warum.

Ich bin ihre Mutter.

Wieder lacht er auf, dieses Mal bitter und voller Hohn.

Das hat bis jetzt aber keiner bemerkt, entgegnet er gehässig.

Sie dreht sich ruckartig um, ballt die Faust und blickt ihn hasserfüllt an.

Nun guck sich das einer an, grinst er bösartig und mit gespielter Verwunderung, du kannst ja Gefühle zeigen.
Du bist so ein Schwein, Andris!
Ich weiß, grinst er.

Sie reißt sich zusammen, setzt sich wieder und sagt: Ich will, dass Grazyna geht.
Grazyna bleibt, erwidert er, oder willst du, dass ich *dich* loswerde.
Ohne mich wärst du doch verloren, Andris, wirft sie ein, und es klingt fast wie eine Drohung.

Ich würde mir eine andere Schlampe suchen, die ...
Eine, die deine Kinder so versorgt wie ich und sich um alles kümmert?, fällt sie ihm ins Wort.
Er schweigt.
Sie kann sich ein flüchtiges Grinsen nicht ganz verkneifen.
Jetzt hat sie ihn bald soweit, denkt sie verstohlen. Ich will, dass Velita geht, sagt sie noch einmal.

Grazyna ist die Hübschere von beiden, sie wird mehr verdienen, wenn wir sie auf die Straße schicken, wirft er ein, außerdem hält sie mehr aus, Velita ist zu weinerlich.
Das stimmt nicht, widerspricht sie auffahrend, Velita wird ihre Sache gut machen, sie kommt nach Asenka, das weißt du, sie wird gutes Geld verdienen und nicht murren und zicken, sie ist für die Straße besser geeignet als Grazyna, das weißt du.

Er schweigt.

Denkt er etwa darüber nach?

Sie weiß, dass sie ihn herumkriegen kann und grinst in sich hinein. Nur nichts anmerken lassen, sagt sie sich, wenn er merkt, dass sie triumphiert, wird er ganz und gar unzugänglich und wütend.

Außerdem bekommen wir mehr für Grazyna, fügt sie hinzu.

Der Preis ist abgemacht, entgegnet er halbherzig.

Sie bemerkt, dass seine Stimme unsicher klingt. Er gibt nach, denkt sie triumphierend, er wird schwach.

Wir können noch etwas draufschlagen, wenn wir Grazyna mitgeben, sie wird mehr einbringen als Velita, wir könnten es versuchen, kontert sie.

Die Schweine lassen nicht mit sich verhandeln.

Das werden wir ja sehen, entgegnet sie, dann lass mich das machen, ich werde mit ihnen reden.

Du?, lacht er auf, meinst du etwa, die verhandeln mit DIR?

Dann ruf du sie an und sprich mit ihnen, verlangt sie.

Nein, das werde ich nicht. Wir geben Velita mit ... zum abgemachten Preis, Achttausend ist ein Batzen Geld.

Du bist ein Feigling, Andris, schnauzt sie ihn an und erhebt sich wütend.

Sein Blick verdunkelt sich mit einem Mal.

Er springt auf, macht einen Satz auf sie zu und schlägt ihr die Faust ins Gesicht.

Sie schreit auf vor Schreck und Schmerz, wankt zurück und knallt gegen den Wohnzimmerschrank.

Noch ein Wort, schreit er sie an, und du bist tot!

13.44 Uhr

Was ist hier los? Raivis steht auf einmal im Wohnzimmer und starrt seine streitenden Eltern an.
Was willst du schon hier, fährt der Vater ihn an, hast du heute etwa schon genug verdient?
Was ist mit den Zwillingen?, fragt Raivis aufgebracht.
Die Frage des Vaters ignoriert er.
Das geht dich nichts an, sagt der.

Er wendet sich an seine Mutter, die mit einem Taschentuch das Blut aus ihrem Gesicht wischt.
Du hältst die Klappe, schnauzt der Vater sie an.
Raivis blickt vom einen zum andern. Was geht hier vor?, fragt er noch einmal, was ist mit Grazyna und Velita, wo sollen sie hin?

Verschwinde, brüllt der Vater, die Arbeit wartet!
Nicht, bevor ich weiß, was hier vor sich geht.
Der Vater will ihm eine scheuern, doch Raivis weicht aus.
Du sollst dich davon scheren, schnauzt der Vater ihn an, mach, dass du weg kommst!

Aiva gibt ihrem Sohn mit einem Blick zu verstehen, dass er in sein Zimmer gehen soll.
Der Vater will ihm folgen.
Gib ihm ein bisschen Zeit, bittet sie, stellt sich ihrem Mann in den Weg und legt ihm beschwichtigend die Hand auf die Brust.

Andris hält einen Moment inne, zieht ein herablassendes Gesicht, winkt ab und sagt, sie solle sich den Rotz aus dem Gesicht wischen.
Dann lässt er sich wieder aufs Sofa fallen.

13.52 Uhr

Grazyna und Velita sitzen starr vor Angst auf dem Bett, das sie sich teilen müssen.
Sie haben alles mitangehört, jedes Wort.
Sie können zwar die Worte ihrer Eltern nicht richtig verstehen, wissen nicht, was genau sie zu bedeuten haben, doch dass eine von beiden heute abgeholt werden soll, das ist ihnen klar geworden.

Aber weshalb?, flüstern sie sich zu.
Wo soll eine von ihnen hingebracht werden?
Und warum nur eine von beiden?
Wird Mama oder vielleicht sogar Papa mitkommen und sie begleiten?
Sie halten sich verkrampft an den Händen.

Grazyna wird es ganz übel.
Beide kriechen unter die Bettdecke und wollen sich verstecken.
Sie umarmen sich, halten sich fest umklammert und weinen leise.
Und beide ahnen, auch wenn sie es nicht in Worte fassen können, dass dieser Tag ihr Leben verändern wird.

Dann hören sie ihren Bruder Raivis den Flur entlangkommen.
Sie flüstern sich erleichtert zu, dass er ihnen bestimmt helfen wird.

Raivis, ihr großer Bruder, wie oft hat er ihnen nicht schon zur Seite gestanden und ihretwegen eine Ohrfeige oder sogar Prügel bekommen, weil er sich einmischte, wenn es Ärger gab.
Raivis beschützt sie immer.
Er stellt sich vor sie, wenn Mama oder Papa zuhauen wollen.

Raivis ist ihr Ritter.
Und sie sind die kleinen Prinzessinnen, deren Bruder sie beschützt.
So war es schon immer.

Als Velita Geld aus der Börse des Vaters genommen hatte, damit sie sich mit Grazyna einen Hula-Hocp-Reifen kaufen konnte, war es Raivis, der behauptete, das Geld gestohlen zu haben. Nie würden sie ihm das vergessen.
Daraufhin hat der Vater ihn so sehr verprügelt, dass man den Krankenwagen rufen und Raivis drei Tage in der Klinik bleiben musste.
Aus Angst vor seinem Vater behauptete er gegenüber den Ärzten, Unbekannte hätten ihn so verprügelt.

Doch Raivis geht an ihrem Zimmer vorbei.
Sie hören, wie er seine Türe zuschlägt.

13.55 Uhr

Raivis zieht sein Handy aus der Hosentasche und tippt eine Nummer.
Es klingelt lange. Keiner nimmt ab.
Scheiße!, zischt er und wirft das Handy aufs Bett.
Er geht umher, von einer Wand zur andern.
Das Zimmer ist klein wie eine Gefängniszelle.
Was soll er tun?

Er reimt sich aus dem Gespräch der Eltern allerlei zusammen.
Es wird ganz dunkel in ihm.
Grazyna und Velita ... hat er richtig gehört? Er kann es nicht fassen. Eine von beiden soll abgeholt werden?
Warum?

Dann klingelt sein Handy.
Es ist Asenka, die zurückruft. Er atmet erleichtert auf.
Was willst du?, fragt sie genervt.
Er hört, dass sie raucht und dabei Kaugummi kaut.
Sie haben was mit den Zwillingen vor, sagt er aufgebracht, jedoch mit leiser, unterdrückter Stimme, so, dass man ihn draußen auf dem Gang nicht hören kann.

Was meinst du, fragt sie, und warum redest du so leise? Was ist mit dir?
Verdammt, hörst du nicht, eine von beiden soll abgeholt werden.

Abgeholt? Was meinst du damit?

Verflucht, Asenka, sie wollen eine von beiden loswerden.

Loswerden? Scheiße, Raivis, hast du was eingeworfen?

Nein, verflucht, du sollst zuhören, jemand kommt und holt eine von beiden ab, wir müssen sie hier rausschaffen.

Jetzt übertreib mal nicht, Brüderchen, wer sollte sie denn abholen?

Was weiß ich, ist das jetzt wichtig? Du musst herkommen, Asenka, wir müssen sie wegbringen.

Wen wegbringen? Die Mädchen?

Ja, verdammt, wir müssen sie verstecken, hörst du denn nicht, was ich sage! Kapierst du nicht!

Raivis hält inne. Weißt du vielleicht etwas davon?, zischt er aufgebracht.

Natürlich nicht, du Idiot, schnauzt Asenka, Papa wird dich totschlagen. Es ist, als ob sie die Wörter nur ausspuckt.

Das ist mir doch egal, wir müssen sie wegbringen, hörst du, du musst mir dabei helfen.

Das ist doch Blödsinn, erwidert sie erneut, warum sollen sie abgeholt werden ... wer sollte sie abholen ... was soll der ganze Scheiß?

Raivis verliert die Geduld, er brüllt, er bittet und fleht. Doch seine Schwester bleibt hartnäckig, stellt sich weiterhin stur.

Wenn du mir nicht dabei hilfst, hol ich dich nie wieder aus der Scheiße, das versprech ich dir, ich lass dich verrecken, wenn du wieder mal auf irgend 'ner scheiß Toilette in deiner Kotze liegst, hörst du, Asenka!

Am anderen Ende der Leitung wird es still.

Er hört nur noch, wie sie geräuschvoll und offenbar nervös auf ihrem Kaugummi kaut und den Zigaretten-qualm hastig ausbläst.

Also gut, sagt sie widerwillig, ich helfe dir, aber ich werde sagen, dass du mich gezwungen hast.

Von mir aus, erwidert Raivis.

Du bist ein Scheißkerl, Bruderherz, du hast mir gerade gedroht.

Lass das jetzt, du musst gleich herkommen, hör mir jetzt gut zu, ich sage dir, wie wir es machen, ich habe einen Plan.

14.17 Uhr

Raivis hockt in seinem Zimmer.
Im Wohnzimmer hat der Vater den Fernseher wieder laut gestellt.
Die Drecksau ist süchtig danach, schimpft der Junge in Gedanken.
Der Alte scheint ihn vergessen zu haben.

Wie verabredet klopft Asenka an sein Fenster.
Er nickt ihr zu, deutet nach nebenan zu den Zwillingen und gibt ihr zu verstehen, dass es nun los geht.
Raivis öffnet so leise er kann die Türe, horcht und spickt nach draußen auf den Flur.
Nichts.
Nur das Stöhnen und Geschrei aus dem Fernseher.
Gut so, denkt er und verlässt sein Zimmer.

Jetzt kommt der schwerste Teil des Plans.
Er muss über den Flur schleichen ohne gesehen und gehört zu werden.
Wenn er jetzt entdeckt wird, ist alles vorbei, das weiß er.
Für diesen Fall hat er sich allerdings keinen Plan zurecht gelegt.

Er hört die Mutter in der Küche hantieren. Sie hat das Radio laut gestellt.
Irgendein Schlager dudelt, sie singt mit.
Wieder einmal fällt ihm auf, dass sie gut singen kann.

Schon oft hat er gedacht, dass sie etwas Besseres aus sich hätte machen können als dieses Dreckschwein von einem Mann zu heiraten.

Asenka behauptet immer, wenn man so dämlich ist wie sie, dann hat man eben auch genau so einen Mann verdient. Sie selbst ist sich sicher, dass ihr so etwas nie passieren wird.

Er spürt, wie sein Puls rast.

Seine Achseln fühlen sich feucht an. Es ist unerträglich heiß in der Wohnung.

Ganz leise öffnet er die Türe zu den Mädchen und huscht hinein.

Den Zeigefinger auf den Mund gepresst, eilt er zu ihnen. Und um sie zu beruhigen, legt er beiden die Hände auf den Mund.

Wir machen ein Spiel, flüstert er beruhigend auf sie ein, Räuber und Gendarm. Wir klettern durchs Fenster und verstecken uns. Du, Velita, gehst mit Asenka, und du, Grazyna, kommst mit mir. Ihr müsst ganz leise sein, habt ihr verstanden, so leise ihr könnt.

Beide nicken beklommen.

Aber unsere Schuhe, brummelt Velita, während noch immer seine Hand auf ihrem Mund liegt.

Die müssen wir leider hier lassen, entgegnet er, wir holen sie später, wir müssen uns beeilen, los gehts!

Draußen wartet schon Asenka und tänzelt nervös von einem Fuß auf den andern.

Raivis öffnet vorsichtig das Fenster, nimmt Velita hoch und reicht sie hinaus.

Asenka nimmt ihre kleine Schwester ächzend entgegen und meint, dass sie auch immer schwerer wird.

Du weißt Bescheid, sagt Raivis, versteck dich mit ihr bei Lilija, und rühr dich von dort nicht weg. Ich ruf dich an, sobald die Luft rein ist, es kann allerdings bis morgen dauern, bleib dort mit ihr, das ist das Wichtigste, hast du gehört. Ob du gehört hast, Asenka?

Ja, ja, wie oft willst du mir das noch sagen, denkst du, ich bin blöd. Vater wird uns umbringen, du bist so ein Arschloch, Raivis.

Halt die Klappe und hau jetzt ab mit ihr!, zischt er.

Daraufhin nimmt sie Velita widerwillig bei der Hand und rennt mit ihr über die Wiese.

Nun komm, Grazyna, wir müssen auch los!

Raivis lächelt seine kleine Schwester zuversichtlich an.

Er hebt sie hinaus, so weit nach unten wie möglich. Das letzte kurze Stück hüpft sie gekonnt zu Boden.

Bevor er ihr folgt, wirft er einen letzten Blick zur Zimmertüre und horcht angespannt.

Nichts. Keine Stimmen.

Dann klettert er hinaus, nimmt Grazyna an der Hand und hastet mit ihr in die entgegengesetzte Richtung davon.

14.48 Uhr

Aiva! Aiva!

Sie fährt vor Schreck zusammen, als er ihren Namen durch die Wohnung brüllt.
Sie muss auf dem Sofa einen Moment eingenickt sein.
Was ist?, ruft sie nach hinten in den Flur.
Er stürmt brüllend ins Wohnzimmer. Wo sind die Zwillinge? Wo sind die verdammten Zwillinge?

In ihrem Zimmer, wo sonst, erwidert sie verdattert. Warum schreist du denn so?
Sie sind weg, brüllt er, sie sind verschwunden, los, komm her und sieh selbst!
Gemeinsam suchen sie die Wohnung nach ihnen ab.
All ihre Verstecke, den engen Verschlag in der Küche, den Kleiderschrank im Schlafzimmer, den winzigen Schlupfwinkel hinter Asenkas Bett sowie den Keller.
Sogar die baufällige Bretterbude hinter dem Haus.
Doch die beiden sind unauffindbar.

Das war Raivis, dieser kleine Bastard, bellt er wutentbrannt, ich bring ihn um, deinen Sohn, ich bring ihn um.
Sie will sagen: Er ist auch dein Sohn. Aber lässt es lieber bleiben.
Wenn er in dieser Stimmung ist, kann die kleinste Kleinigkeit oder eine einzige falsche Bemerkung dazu

führen, dass er völlig die Kontrolle über sich verliert und alles kurz und klein schlägt.

Auf diese Weise hat er vor Jahren beinahe seinen ältesten Bruder, der in Riga lebt, in den Rollstuhl geprügelt.

Sie zieht es daher vor, nichts zu erwidern und überlegt stattdessen, ob sie bestätigen soll, dass Raivis bestraft werden muss. Vielleicht würde es ihn umstimmen.

Oft ist es tatsächlich so. Wenn er einem der Kinder eine Tracht Prügel androht und sie ihn darin bekräftigt, schwenkt er um und ändert seine Meinung.

Vermutlich nur, weil sie ihm zuvor zugestimmt hat.

Was sie für richtig hält, hält er grundsätzlich für falsch.

Andris würde niemals etwas gutheißen, was sie für gut hält. Er schließt sich nie ihrer Meinung an oder tut etwas für *sie*, um ihr zu gefallen.

Noch nie hat er ihr irgendeinen Wunsch erfüllt.

Er hasst sie.

Und sie hasst ihn dafür.

Ich schlag ihn tot, dröhnt er, ich brech ihm das Genick!

14.52 Uhr

Warum sind wir hier?, fragt Grazyna mit ihrer dünnen Stimme und guckt sich um.
Setz dich und mal ein Bild, sagt Raivis, wir spielen ein Spiel, das hab ich dir doch gesagt.
Spielen Mama und Papa auch mit?
Klar, mit ihnen spielen wir ja das Spiel.

Wer wohnt hier?, fragt sie neugierig.
Arto, ein Freund, er ist für ein paar Tage mit seinen Eltern in Madona, hier findet uns niemand. Komm, wir schauen mal, was es Leckeres im Kühlschrank gibt. Arto bewahrt seine Schokolade immer im Kühlschrank auf.
Grazyna springt lächelnd auf.

Als sie in der kleinen Küche hocken und Grazyna zufrieden die weiße Schokolade isst, starrt Raivis auf sein Handy. Es liegt auf dem Tisch. Fast ist ihm, als ob es zurückstarrt.
Er geht nervös umher.
Dann klingelt es.
Das Wort PAPA erscheint auf dem Display.
Raivis fährt erschrocken zusammen, obwohl er wusste, dass es passieren würde.
Er lässt es klingeln, bis es aufhört.

Grazyna hält einen Moment inne, hört kurz zu kauen auf und blickt von ihrem Bruder zum Handy und wieder zurück. Dann kaut sie weiter.

Papa sucht uns schon, erklärt Raivis und versucht, ein Lächeln zustande zu bringen.

Er stellt sich vor, wie sein Vater jetzt gerade einen Tobsuchtsanfall bekommt, wie er um sich schlägt, einen Stuhl davon kickt, einen Teller oder ein Glas an die Wand wirft oder demjenigen eine verpasst, der zufällig gerade neben ihm steht.

Das dürfte in diesem Moment wohl die Mutter sein, denkt er, nicht ohne eine Spur Schadenfreude.

Wann gehen wir wieder nach Hause?, fragt Grazyna mit vollem Mund.

Bald, sagt Raivis, erst müssen noch Asenka und Velita sicher in ihrem Versteck sein.

Grazyna nickt und bricht sich eine neue Reihe Schokolade ab.

14.55 Uhr

Setz dich irgendwo hin und halt die Klappe, Velita, geh mir nicht auf die Nerven!, schnauzt Asenka ihre kleine Schwester an. Was sollen wir überhaupt hier, sprudelt es aus ihr heraus, während Velita sie verwirrt anblickt, dämliches Spiel, Raivis, dieser Idiot, Papa wird ihn ins Krankenhaus prügeln, und mich mit reinziehen, das werd ich nicht zulassen, ich lass mich nicht verprügeln, ich sag einfach, dass er mich gezwungen hat, dass ich nicht anders konnte. Ich sag einfach, dass er mir gedroht hat, mir wird schon etwas einfallen. Ich werd auf keinen Fall meinen Kopf für Raivis hinhalten.

Velita blickt ihre große Schwester verwundert an und fragt: Wie alt bist du, Asenka?
Asenka hält abrupt inne, wirft ihrer Schwester einen irritierten Blick zu und sagt: Sechzehn, aber was gehts dich an.
Wenn ich groß bin, will ich auch so sein wie du, sagt Velita.
Asenkas Anspannung weicht für einen Moment einem anderen Gefühl. Ihr Blick hellt ein wenig auf, doch gleich darauf schiebt sich wieder ein Schatten davor.
Und auch die Anspannung kehrt zurück.

Mach den Fernseher an und frag mich nichts mehr, hast du gehört, fährt sie ihre kleine Schwester an.
Velita nickt erschrocken.

Asenka zündet sich gerade eine Zigarette an, als ihr Handy klingelt.

Hastig nimmt sie den Anruf an.

Endlich, schimpft sie, was soll der ganze Scheiß, Raivis?

Sie geht hinüber in die Küche, stellt den Lautsprecher an und legt das Handy auf den Küchentisch. Asenka blickt sich in der fremden Küche um und lehnt sich gereizt an den Kühlschrank.

Du musst erst mal dort bleiben, sagt ihr Bruder, ich überleg mir was.

Hier bleiben, bist du bescheuert, keift sie, Lilija hat gesagt, heute Abend kommen ihre Eltern zurück.

Wo ist Lilija?

Sie ist gegangen, als wir gekommen sind, hat uns alleine gelassen.

Ganz egal, du musst mit Velita noch dort bleiben, fährt Raivis sie an, ich melde mich, muss mir 'nen neuen Plan überlegen.

Ein neuer Plan!, kräht Asenka, soll das etwa schon ein Plan sein. Ich hock hier bei deiner Schlampe herum und in der Zwischenzeit kocht Papa vor Wut. Hast du 'ne Ahnung, was der mit uns machen wird. Ich halt nicht den Kopf für dich hin, kleiner Bruder.

Aber er weiß doch gar nicht, dass du mit drin hängst, beschwichtigt Raivis.

Sie bläst ärgerlich den Zigarettenqualm hinaus. Er wird es schon rauskriegen, meint sie.

Wenn du nicht ans Handy gehst, wird er gar nichts mitbekommen.

Du weißt, dass er es hasst, wenn wir nicht rangehen.

Verdammt, Asenka, mach es einfach und lass dir 'nen Grund einfallen, sonst kannst du ja auch lügen, dass sich die Balken biegen.

Du kannst mich mal, Bruderherz.

Bitte, Asenka, wenn du nicht mitmachst, wird eines der Mädchen heute weggegeben!, brüllt er ins Telefon. Ich brauche deine Hilfe!

Die Sache ist sowieso längst entschieden, wirft sie ein und fischt sich einen neuen Kaugummi aus der Hosentasche.

Wie meinst du das?, fragt Raivis erschrocken.

Er hat es mit den Typen schon lange klargemacht.

Woher weißt du das?

Ich war dabei, als er mit ihnen telefoniert hat.

Wo?

Wir waren zusammen in Riga.

Wer?

Sie zögert einen Moment und sagt dann: Papa und ich.

Fuck!, brüllt Raivis. Wieso hast du mir nichts davon gesagt?

Ich dachte nicht, dass es wirklich passiert, ich dachte, er unterhält sich nur mal mit denen.

Du dämliche Kuh!, brüllt er sie an, du hättest es mir sagen müssen!

Papa wollte nicht, dass ich mit jemandem darüber spreche, er hat mir gedroht ... du kennst ihn ja.

Diese Drecksau!, schimpft Raivis.

Und wieso hast du mir vorhin am Telefon nichts davon gesagt!
Weil ich Angst vor ihm habe, was glaubst du denn?
Warum wart ihr überhaupt zusammen in Riga?
Wir ... wir waren in einem Hotel.
Nur ihr beide?
Ja.
Wann?
Mai oder Juni ... ich weiß es nicht mehr so genau.
Diese Drecksau!

Wenn es heute nicht passiert, dann ein anderes Mal, bemerkt Asenka kühl.
Dann mach ich ihm 'nen Strich durch die Rechnung.
Papa wird dich umbringen, wenn du das tust, erwidert sie.
Nicht, wenn ich ihn zuerst umbringe.
Reiß deine Klappe nicht zu weit auf, Brüderchen, du weißt, er ist stark und er hat noch stärkere Freunde. Willst du etwa ins Gefängnis?

Wenn ich die Zwillinge damit retten kann.
Du bist ja irre. Ich werd nicht für dich lügen, das weißt du ja.
Du darfst nur nicht rangehen, wenn er anruft, mehr will ich nicht, wirft er ein.
Melde dich, wenn dir was eingefallen ist, faucht sie, aber lass dir nicht zu lange damit Zeit.
Raivis will noch etwas erwidern, aber sie hat schon aufgelegt.

15.16 Uhr

Er geht nicht an sein Handy, dieser kleine Scheißkerl, schimpft der Vater, ich brech ihm die Knochen, wenn ich ihn in die Finger kriege.
Noch einmal versucht er ihn anzurufen, aber wieder nimmt Raivis den Anruf nicht entgegen.
Dieser Mistkerl!, schimpft er.
Ruf sie an und sag ihnen, dass es heute nicht geht, wirft die Mutter ein.

Dass es heute nicht geht, brüllt er, soll ich mir von den Schuldeneintreibern vielleicht die Knochen brechen lassen, du blöde Kuh. Wir können damit alles auf ein Mal begleichen. Sollen wir uns das etwa durch die Lappen gehen lassen, nur weil dein Sohn ein Stück Scheiße ist.
Er ist auch dein Sohn, kommt es ihr nun doch über die Lippen.
Sie zuckt zusammen. Das war ein Fehler.

Schon ist er da und schlägt ihr die Faust in den Magen.
Sie klappt zusammen wie ein Taschenmesser, sinkt zu Boden und erbricht ihr Mittagessen auf den Teppich.
Du dummes Vieh, schreit er sie an, willst du etwa sagen, dass *ich* einen Dreckskerl aus ihm gemacht habe – einen Verräter!
Tut mir leid, röchelt sie, auf dem Boden kauernd.

Putz bloß die Schweinerei weg, bevor die Typen kommen, schnauzt er und wendet sich ab, der Gestank ist ja nicht auszuhalten.

Andris, stammelt sie, versuch es doch bei Asenka.
Er hält inne.
Was hat sie damit zu tun?, fragt er aufhorchend, willst du behaupten, Asenka hängt da mit drin?
Er macht einen Schritt auf sie zu.
Nein, antwortet sie hastig, ich weiß es doch nicht, vielleicht hat Raivis ihr etwas erzählt.
Niemals, knurrt er, Asenka hat nichts damit zu tun. Sie würde mich nicht hintergehen.
Ich mein ja nur, murmelt sie.
Halt die Klappe, Weib, und putz deinen Dreck weg!

Dann nimmt er sein Handy vom Wohnzimmertisch und geht damit ins Schlafzimmer, vorbei an seiner Frau, die sich gerade wieder aufrappelt.
Dort setzt er sich aufs Bett und überlegt, ob er seine Tochter anrufen soll.
Was, wenn sie tatsächlich mit dem Verschwinden der Zwillinge zu tun hat?
Es fährt ihm in den Magen.

Wie soll er sie dann bestrafen?
Kann sie ihn tatsächlich so hintergehen?
Würde sie das tun?
Vielleicht hat ihr jemand Geld angeboten?
Macht sie das Geschäft ohne mich, das kleine Miststück?, fragt er sich entrüstet.

Während er weiter vor sich hingrübelt, nimmt er ihren Geruch wahr.

Die Bettwäsche riecht nach Asenka, nach ihrem Parfüm. Das ganze Bett riecht nach ihr.

Er liebt ihren Geruch. Mit ihm kommen Bilder in ihm auf.

Und nicht nur den liebt er.

Er flucht und sagt sich noch einmal, dass Asenka nichts damit zu tun haben kann.

Dann wählt er ihre Nummer.

15.29 Uhr

Wo ist Grazyna?, fragt Velita, die plötzlich vor Asenka steht und sie aus ihren Gedanken reißt.

Ich hab dir doch gesagt, du sollst mich nichts fragen, schnauzt sie Velita an.

Ich weiß, aber ich möchte doch nur wissen, wo Grazyna ist.

Was weiß ich, geifert Asenka.

Aber du musst es doch wissen, protestiert das kleine Mädchen.

Willst du mich provozieren, du kleine Bitch?

Nein … ich möchte nur wissen, wo Grazyna ist.

Ich weiß es nicht, hörst du!

Das ist ein blödes Spiel, murrt Velita.

Das finde ich auch, dein Bruder ist ein Vollidiot, und jetzt hau wieder ab und glotz weiter.

Asenka fühlt sich unwohl in dieser Wohnung.

Sie ist aufgeräumt, sauber, fast schön, findet sie.

Fotografien stehen herum, ein gemaltes Bild hängt an der Wand. Es riecht nach Essen und Kaffee. Auf der Anrichte steht ein angeschnittener Apfelkuchen.

Sie würde sich gerne ein Stück abschneiden … aber ihre Figur.

Ihr Vater schimpft andauernd wegen ihren rundlichen Hüften.

Er will sie mager haben.

Nicht nur wegen sich selbst.
Er sagt, auch die Freier wollen dünne Huren, dann sehen sie jünger aus. Man kann so mehr Geld verlangen.
Je jünger, desto besser.

Hör auf zu fressen, du fette Kuh, schnauzt er sie jedes Mal an, wenn sie sich etwas aus dem Kühlschrank nehmen will, auch wenn sie seit Stunden nichts gegessen hat.
Deshalb raucht sie so viel, damit sie nicht so viel isst.
Aber der Apfelkuchen, verdammt, sieht wirklich lecker aus.

Sie zwingt sich wegzuschauen.
Sie kann verstehen, dass Raivis gerne hierher kommt, zu seiner kleinen Schlampe und ihrer Familie. Aber es wird ihm nichts nützen, denkt sie gehässig, er ist ein Stricher, und wird es immer bleiben. So wie sie selbst eine Stricherin ist und bleiben wird.

Von dort, wo sie herkommen, gibt es kein Entrinnen, davon ist sie überzeugt.
Der Vater bumst und schlägt dich, die Zuhälter tun es, die Freier, die Verwandten, alle Typen, sogar die Bullen.
Von hier führt kein Weg raus. Es ist ein Labyrinth ohne Ausgang.
Hier gibt es keine Freiheit.
Besser, man fügt sich. Und schlägt Kapital daraus, wenn man nicht untergehen will.
Und sie wird ganz bestimmt nicht untergehen, sagt sie sich.

In diesem Moment klingelt ihr Handy.
Es ist ihr Vater.
Noch während es klingelt, hat sie eine Idee.

15.33 Uhr

Raivis überlegt, ob er einen seiner beiden anderen Kumpels um Hilfe bitten soll.
Arto muss sich ja leider mit seinen Eltern am Strand von Kolka einen Sonnenbrand holen.
Andererseits ist aus diesem Grund die Wohnung ein perfektes Versteck, sodass er mit Grazyna hier unbemerkt unterschlupfen kann.

Aber wenigstens könnte Arto an sein Handy gehen.
Ihn hätte er jetzt dringend gebraucht. Auf ihn kann er sich verlassen.
Arto würde ihn nie verraten.
Bei den beiden anderen ist er sich nicht ganz sicher.
Sie sind zwar im Moment online, wie er sieht, aber er weiß nicht recht, ob er sie einweihen soll.
Ob er sie überhaupt einweihen *kann*.

Was, wenn sie ihr Maul nicht halten. Oder ihn absichtlich verraten.
Würden sie das denn tun?
Beide drücken und sind oft besoffen.
Und das Kontaktnetz seines Vaters ist groß.
Wenn nur Asenka mitspielt, sagt er sich besorgt.

Er ruft Arto an, erreicht jedoch nur die Mailbox und legt fluchend wieder auf.
Was soll er tun?
Warten? Worauf?

Und wie lange?

Wie lange muss er Grazyna verstecken, um sie zu schützen?

Und was ist mit Velita?

All diese Fragen, auf die er keine Antworten hat, zermürben ihn.

Ihm fällt kein neuer Plan ein, stellt er verzweifelt fest.

Nach langem Zögern ruft er Asenka an, vielleicht hat *sie* eine Idee, auch wenn es ihm nicht wohl dabei ist.

Aber ihre Leitung ist besetzt.

Mit wem telefoniert sie?

Ihm wird unwohl.

Ob sie jemanden einweiht?

Ob sie ihn und somit auch die Zwillinge verrät?

Hoffentlich telefoniert sie nicht mit dem Vater, denkt er erschrocken, denn der hat bestimmt schon versucht, Asenka zu erreichen.

Vielleicht hätte er das alles alleine durchziehen sollen, sagt er sich.

Vielleicht hätte er lieber mit *beiden* Zwillingen abhauen sollen.

Ihm bricht der Schweiß aus.

Kann er Asenka überhaupt vertrauen?

15.39 Uhr

So eine verfluchte kleine Schlange, schimpft der Vater, als er aus dem Schlafzimmer kommt. Wo bist du, Aiva?, brüllt er durch die Wohnung.
Sofort stürmt sie aus der Küche, wo sie sich verkrochen hat.

Sie hat uns verraten, schreit er sie an.
Wer? Was meinst du, Andris?
Asenka, deine Tochter, brüllt er.
Sie schweigt.
Hast du nichts zu sagen, du Schlampe!
Warum hat sie das getan?, würgt sie ängstlich hervor.

Was weiß ich, bellt er, Raivis hat sie auf seine Seite gebracht. Oder er hat sie mit irgendetwas erpresst, dieser kleine Schweinehund.
Sie starrt ihn ungläubig an.
Was glotzt du so ... dein Sohn wieder mal ... bist du stolz auf ihn?
Sie weicht einen Schritt zurück und senkt den Blick.

Ich werde sie bestrafen ... beide, knurrt er, aber Raivis wirst du danach nicht wieder erkennen. Der Junge taugt nichts, er verrät seinen Vater. Er will mir das Geschäft verderben. Er will uns schaden.
Kopfschüttelnd und ängstlich starrt sie ihren Mann an.

Aber sie hat mir alles erzählt, grinst er bösartig.

Aiva wirft ihm einen fragenden Blick zu.

Asenka, du dumme Kuh, schimpft er, sie hat mir alles erzählt. Sie und Raivis sind mit den Zwillingen abgehauen.

Zusammen? Abgehauen?, fragt sie erstaunt.

Nein, knurrt er, beide haben je ein Mädchen bei sich. Sie hat mir erzählt, wo Raivis sich mit Velita versteckt hält. Sie selbst hat Grazyna bei sich und macht sich auf den Heimweg mit ihr.

Asenka hat Grazyna bei sich?, wundert sich seine Frau.

Ja, warum glotzt du so?

Das hat sie dir gesagt?

Ja, warum?

Nichts, entgegnet sie, macht eine unbeholfene, verwirrte Geste und murmelt vor sich hin.

Aber ich werde ihn auffliegen lassen, brummt ihr Mann, noch immer boshaft grinsend, der wird sich wundern.

Er lässt sie stehen, öffnet die Verandatüre und geht hinaus, um zu telefonieren.

16.14 Uhr

Raivis sitzt am Küchentisch der fremden Wohnung und grübelt noch immer verzweifelt an einem Plan.
Wohin soll er mit Grazyna verschwinden?
Sie brauchen ein sicheres Versteck.
Wer kann ihm dabei helfen?

Drüben kauert Grazyna auf dem Sofa, schaut fern und ist vertieft ins Kinderprogramm.
Was soll er nur tun?
Allmählich kann er sich gegen die Verzweiflung kaum noch wehren.
Er versucht es noch einmal bei Asenka, doch jetzt hat sie ihr Handy ausgeschaltet.
Verdammt!, zischt er wütend.

Im selben Moment hört er vor dem Haus ein Auto vorfahren.
Er eilt zum Fenster, schiebt den Vorhang ein Stück zur Seite und erschrickt so sehr, dass ihm die Knie weich werden.
Sein Magen verkrampft sich.
Hastig nimmt er sein Handy vom Tisch, steckt es in die Hosentasche, eilt ins Wohnzimmer und schaltet den Fernseher ab.
Wir müssen uns verstecken, Grazyna, raunt er ihr aufgeregt zu, sie kommen und wollen dich holen.

Er packt seine Schwester an der Hand und hastet mit ihr durch die Wohnung.

Im Schlafzimmer öffnet er die Türe des Schrankes und befiehlt ihr, sich darin zu verstecken.

Sie blickt ängstlich und verwirrt zu ihm auf.

Er streicht ihr übers Haar und sagt: Tu, was ich dir sage, Grazyna, es ist sehr wichtig. Versteck dich im Schrank. Du bleibst so lange drin, bis ich dich wieder heraushole. Hast du verstanden?

Grazyna starrt ihn fragend an.

Er schüttelt sie sanft. Hörst du?

Sie nickt.

Egal, wen du hörst, auch wenn es Papa ist oder Mama, du musst im Schrank bleiben, hast du mich verstanden?

Grazyna blickt ihn nun völlig verstört an.

Glaub mir, Grazyna, es ist sehr sehr wichtig. Du MUSST im Schrank bleiben. Egal, wen du hörst. Auch wenn es Asenka ist.

Aber ... will sie erwidern.

Kein aber, fährt er auf, glaub mir und tu jetzt, was ich dir sage. Ich hab dich lieb.

Er bugsiert sie in den Schrank und verschließt die Türe.

Alles wird gut, sagt er durch die Türe zu ihr, und jetzt sei still ... keinen Ton mehr.

Aber ich habe Angst, Raivis, sagt sie mit zitternder Stimme.

Ich weiß, aber du musst jetzt ganz leise sein! Keinen Mucks mehr! Sei still! BITTE!

In diesem Moment ertönt die Klingel an der Wohnungstüre.

17.05 Uhr

Er liegt zusammengekrümmt in der Diele, kommt nur langsam wieder zu sich und kann keinen klaren Gedanken fassen.
Mühsam versucht er sich aufzurappeln.
Was ist passiert?
Sein Gedächtnis gehorcht ihm nicht.
Außerdem ist ihm speiübel. Alles dreht sich um ihn.
Die Beine sind kraftlos.
Er zieht sich an einer Kommode hoch, hält benommen inne und wartet darauf, dass er sich erbrechen muss.

Verdammt noch mal, was ist passiert? Sein Kopf ist wie leergebrannt.
Nichts als Nebel, alles verschwommen und unklar.
Sein Blick fällt auf die Wohnungstüre. Das obere Scharnier ist aus dem Rahmen gerissen.
Grazyna!, schießt es ihm in den Kopf.
Schweiß bricht ihm aus allen Poren.
Er taumelt ins Schlafzimmer. Der Schrank ist geöffnet und leer.

Grazyna!, ruft er verzweifelt und schwankt, auf der Suche nach ihr, in jedes Zimmer.
Vielleicht hat sie sich woanders versteckt.
Aber er kann sie nirgends finden.
Allmählich kommt die Erinnerung zurück.
Sie trifft ihn wie ein Schlag.
Er sinkt mutlos zu Boden und schließt die Augen.

Bilder tauchen vor seinem inneren Auge auf.

Zwei Männer haben die Türe eingetreten.

Raivis erinnert sich an das Geräusch und das Poltern ihrer Schritte in der Diele.

Er hat sich ihnen in den Weg gestellt und wollte sie aufhalten.

Das Letzte, woran er sich erinnert, ist ein feuchtes Tuch auf seinem Gesicht.

Dann wurde alles dunkel.

Tränen rinnen aus seinen Augen.

Alle Widerstandskraft schwindet aus ihm.

Er weiß, dass er verloren hat.

Grazyna ... sie ist weg! Er flüstert ihren Namen.

Sie haben sie mitgenommen.

Woher wussten sie, wo er sich mit ihr versteckte?

Von Asenka etwa?

Was, wenn seine eigene Schwester ihn verraten hat?

Könnte sie das?

Zuzutrauen wäre es ihr.

Dieser Gedanke lässt ihn beinahe schwindeln.

VELITA!, schießt es ihm plötzlich durch den Kopf.

Bei Asenka ist sie in Gefahr. Sein Vater ist imstande, auch sie zu verkaufen.

Er muss versuchen, wenigstens Velita zu retten.

Aber wenn er die Polizei ruft, schlagen sie ihn tot. Die Familie ist groß.

Einige seiner Onkels und Cousins sind zu großer Brutalität und Grausamkeit fähig.

So wie auch sein Vater.

Er muss es alleine versuchen.
Muss sich seinem Vater widersetzen.
Muss sich, wenn nötig, gegen die ganze Familie stellen.
Er muss Velita finden, bevor es zu spät ist.
Egal, zu welchem Preis.

Raivis nimmt sein Handy und wählt Asenkas Nummer.
Er hofft, dass sie sich noch immer in Lilijas Wohnung befinden.

Doch wenn nicht?

Nachwort

Jedes 3. Opfer des Menschenhandels ist ein Kind.

Der globale Kinderhandel ist erschreckenderweise ein kaum beachtetes kriminelles Phänomen.

Die Zahl der weltweit aufgrund fehlender Geburtsurkunden nicht registrierten Kinder lässt sich nicht ermitteln. Sie dürfte jedoch weit in der Millionenhöhe liegen.
Diese Kinder sind besonders gefährdet.

Auf der ganzen Welt werden jährlich über 1,2 Millionen Kinder als Opfer des internationalen Sexhandels kommerziell ausgebeutet.
Die Dunkelziffer ist weit höher.

Vermutlich sind bis zu 50% der im Baltikum tätigen Prostituierten minderjährig.
Fast alle von ihnen sind Mädchen.

Jedes 5. Kind in Europa wird Opfer sexueller Gewalt.

Was können wir dagegen tun?

Es gibt eine ganze Reihe von Menschenrechtsorganisationen, Hilfsorganisationen, Initiativen und Vereinen, bei denen man sich informieren oder die man tatkräftig oder finanziell unterstützen kann.

Ein Weiteres wäre, einzugreifen und nicht wegzuschauen, wenn wir von sexueller Gewalt gegen Kinder oder deren Zwangsprostitution erfahren.
Oder sogar Zeuge davon werden.

Danksagung

Mein Dank gilt allen Institutionen, Vereinen, Hilfsorganisationen, Initiativen, Journalisten, Schriftstellern, Künstlern, Politikern und öffentlichen sowie nicht öffentlichen Personen, die weltweit den wichtigen Kampf gegen Menschenhandel und Zwangsprostitution führen.

Und Gereon Wagener von „Bono-Direkthilfe", für die mutmachenden Worte zur richtigen Zeit.

Mein besonderer Dank gilt *Adeline* –
für die Idee zu dieser Reihe.

Liebe Leserinnen und Leser,

wie Sie sicherlich bemerkt haben, kommt dieses Buch ohne Seitenzahlen aus. Dies ist weder ein Versehen noch ein Gestaltungsfehler.
Wie das Tragen von Uhren am Handgelenk hindern Seitenzahlen in einem Buch den Fluss der Geschichte – takten ihn unangenehm, ja sogar manchmal störend.

Wir hoffen,
Sie konnten sich darauf einlassen …

Solange wir Worte finden,
haben wir einen Weg.

Weitere Titel von Klaus Zeh

Prosa

Taxi *(Roman)*
Mozart oder der Fall des Harlekins *(Roman)*
Lisboa *(Roman)*
Trinity – Irische Begegnungen *(Kurzgeschichten)*
Hey Tonight *(Erzählung)*
Broker *(Roman)*
Strandhill *(Insel Novelle)*
Solange Worte atmen – Notizen aus dem Alltag
Blutschande *(Erzählung)*
Sophia *(Erzählung)*

Lyrik

Die Leichtigkeit des Windes *(Ostsee-Gedichte)*
An Ufern aus Jade *(Bodensee-Gedichte)*
Pontoon – oder wann immer ich hier sein werde *(Irland-Gedichte)*
Lichtinseln *(Gedichte)*